LETTRE PASTORALE

DE

MONSEIGNEUR L'ÉVÊQUE D'AUTUN, CHALON & MACON

ET

MANDEMENT

RELATIF AU CULTE DE L'ARCHANGE SAINT MICHEL

RÈGLEMENT

DE L'ASSOCIATION SACERDOTALE « POST OBITUM »

ILLUM CRESCERE ME MINUI

AUTUN

DEJUSSIEU ET DEMASY, IMPRIMEURS DE L'ÉVÊCHÉ

1911

LETTRE PASTORALE

DE

MONSEIGNEUR L'EVÊQUE D'AUTUN CHALON & MACON

ET MANDEMENT

RELATIF AU CULTE DE L'ARCHANGE SAINT MICHEL

RÈGLEMENT
De l'Association Sacerdotale « Post Obitum »

—※—

Nos Très Chers Frères,

Nous voulons signaler à votre Foi et à votre patriotisme, la Fête de l'Apparition de l'Archange saint Michel au mont Tombe, qui pour la première fois, se célébrera dans toute l'Église de France, le 16 octobre prochain. Le fait mérite d'exciter notre attention, par son opportunité providentielle.

I

Jamais peut-être la lecture des feuilles publiques n'a été plus impressionnante. Chaque jour nous arrive la nouvelle de crimes, d'accidents, de catastrophes, de ruines et de morts. Il n'est pas besoin de guerres, pour que se multiplient les victimes dans d'effrayantes proportions. Or, c'est un besoin et surtout un enseignement de connaître la cause des choses :

Felix qui potuit rerum cognoscere causas !

A chaque événement calamiteux, le pourquoi, le « comment est-ce arrivé, » le responsable est aussitôt cherché. A la Science, dit-on, il faut ses martyrs; dans une certaine proportion, il est vrai. La passion entraîne les coups d'ivresse, les drames de famille; les haines sociales expliquent, aux yeux de quelques-uns, et même justifient le *sabotage*; — à des crimes nouveaux, il faut de nouveaux noms. — Les esprits mondains ou superficiels se contentent de ces raisons; l'impie accuse la fatalité, les lois aveugles du monde, le jeu des forces. La victoire est à la force brutale; entre les intérêts humains, le succès reste au plus habile, on dira bientôt au moins honnête. S'il n'y a plus de Dieu, plus de Maître, la Providence n'existe pas. L'anarchie partout paraît à l'horizon.

A nous catholiques, la Foi donne une autre explication de nos maux actuels; elle est moins décourageante, parce que la cause qu'elle nous révèle peut être combattue.

Sans doute, les passions et leurs débordements sont de tous les âges depuis la chute originelle; la nature est sujette à des accidents de toute espèce, et les épreuves des maux sans nombre sont notre lot quotidien, pendant notre pèlerinage en cette vallée de larmes. Reconnaissons également que les conduites de la Providence sont mystérieuses. Combien de fois, en face de douleurs cruelles, la raison doit-elle s'incliner éperdue, se demander pourquoi ces malheurs, et humblement se taire, adorer en attendant les justifications de la sagesse divine, au grand jour de l'éternité. Mais, ces réserves faites, croyants, nous sommes guidés par l'Esprit Saint qui, au livre de la Sagesse, nous apprend un des principes du gouvernement de la Providence : *Per quæ peccat quis, per hæc et torquetur.*[1] « Ce qui sert à l'homme pour pécher sert aussi à son châtiment. » Nous voyons se réaliser cet axiome dans l'histoire du peuple de Dieu, toujours puni par où il a péché; pourquoi ne pas ajouter qu'il se manifeste aussi dans nos annales.

Ainsi pouvons-nous constater que les calamités augmentent dans une proportion réelle avec la baisse de la croyance au surnaturel. Le naturalisme domine l'esprit public; la Société tend de toutes manières à devenir une machine perfectionnée, où chacun aura sa place marquée par l'État souverain. Et l'orgueil des puissants du jour s'exalte au maximum de tension, sans que la conscience soit un avertisseur écouté. Elle crie pourtant ses vérités de bon sens : Vous oubliez l'essentiel, la cause première de tout ordre, de tout progrès, le Maître de la Nature, de la Science, de la Vie et de la Mort. Attention ! vous négligez le Créateur et ses droits imprescriptibles. Vous vous lancez éperdument à la poursuite de la jouissance, vous déclarez éteints les astres conducteurs; égarés par vos ambitions impies, vous rêvez un monde nouveau *ignorant Dieu*, et pour que les âmes n'entendent plus ce nom et l'oublient, vous voudriez façonner une enfance *areligieuse*. La Science monopolisée par l'État devrait exclusivement lui obéir, et la Nature elle-même accepter son joug.

Et donc notre génération pèche en repoussant comme une honte

1. Sagesse, XI, 17.

comme une preuve de dépendance incompatible avec la dignité humaine, le don de l'Esprit-Saint : la crainte filiale de notre Père des Cieux.

II

Dieu nous prend au mot. Il se tait ; Il se cache ; contre les forces aveugles de la Nature, Il ne protège plus nos entreprises publiques, nos chemins de fer, nos navires dont nous écartons ses bénédictions ; Il abandonne la Société à elle-même, en même temps qu'Il la laisse subir sans défense les influences maudites du démon. Car, nous ne devons pas l'oublier, Nos Très Chers Frères, nous ne sommes point des êtres isolés ; si la Terre a sa place dans l'ensemble de l'Univers ; si elle subit les influences des autres éléments qui l'enveloppent, l'humanité est aussi en rapport incessant avec le monde spirituel. C'est une vérité de Foi que la nature angélique nous domine en intelligence, en force, en puissance, et son action s'étend sur le monde matériel. Messagers de Dieu, les Anges sont nos frères aînés du Ciel, nos bienfaiteurs, portant au Cœur de notre Père nos prières et nous distribuant ses grâces. Ils nous assistent, protègent nos vies, nos pays, nos patries. Que de fois n'ont-ils pas mérité leur nom d'Anges gardiens des petits et des grands ! A combien de dangers nous avons échappé en les invoquant !

Mais autant l'influence de ces esprits bienheureux est salutaire, autant néfaste, dangereuse, terrible est celle des esprits mauvais, toujours guettant l'humanité comme une proie : *Circuit quærens quem devoret* [1]. Les haines, les férocités de la jalousie inspirent le démon et « ses pareils. » Acharnés à notre ruine, usant de toutes les ressources de son intelligence, le « père du mensonge » veut nous perdre corps et âme. C'est du démon que Notre-Seigneur a dit : « Il est homicide dès le commencement du monde. » Or, son action sur les âmes et sur la Nature qu'il utilise contre nous, est habituellement redoutable ; n'est-elle pas effrayante aux heures de vengeance où la justice divine nous abandonne à sa puissance ténébreuse, comme elle y abandonna Jésus durant sa Passion? *Hæc est hora vestra et potestas tenebrarum* [2]. Une de ces heures terribles sonne-t-elle pour la chrétienté, pour « la chère France » [3] ? Dieu, irrité de tant de blasphèmes, d'orgueil, de jouissances coupables, a-t-il entr'ouvert « le puits de l'abîme » d'où s'échappent les fléaux ? A voir tant de malheurs, nous le craindrions vraiment. Nous ne cessons pourtant d'entendre la voix de l'Église qui nous avertit maternellement, depuis quelques années. Léon XIII nous prémunissait en prescrivant la prière que prêtres et fidèles durent réciter ensemble aux messes quotidiennes. N'est-ce pas un exorcisme contre ces esprits infernaux qui sont répandus dans le monde : *pervagantur in mundo* ? Ils possèdent l'esprit public, égarent la Société, exposent des milliers d'âmes chaque jour à la damnation éternelle.

1. I, S. Pier., v, 8.
2. S. Luc, XXII, 53.
3. Ainsi Pie X appelle-t-il notre patrie.

2*

III

C'est pour les combattre que les catholiques doivent appeler à leur secours la Milice invisible dont l'Archange saint Michel est le chef : *Michael princeps militiæ cœlestis* [1]. A lui de venger actuellement les droits de Dieu, comme il le fit dès l'aurore de la Création. Alors, seules, les puissances angéliques furent aux prises; maintenant l'humanité est de la mêlée; les fils de Dieu sont persécutés par ceux-là qui portent le caractère de la Bête dont parle l'Apocalypse : *Homines, qui habebant characterem Bestiæ.* [2] » Cette lutte éternelle devient plus aiguë, plus violente à certains moments dans l'histoire des peuples. Or, à chacune de ces batailles d'où dépend le sort de la chrétienté, l'Archange est apparu inspirant confiance aux Fidèles du Christ et faisant reculer l'Enfer. Dans l'Italie méridionale, sur les bords de l'Adriatique, il signala sa présence par des prodiges, au sommet du mont Gargan, « face à l'Orient. » Le sanctuaire qui lui fut élevé là devint le boulevard inviolé contre le mahométisme « venant de l'Orient. »

A l'Occident, au septième siècle, dans notre patrie, à la veille de l'invasion musulmane que devait écraser Charles Martel, alors que l'épée de la France, portée par Pépin le Bref, était choisie par Dieu pour défendre la Papauté, saint Michel apparut au mont Tombe, devenu le mont Saint-Michel au Péril de la mer. Il devenait le guide et le gardien du « roi des peuples d'Occident » : *Præsuli Occidentalium populorum.* « Depuis, sentinelle vigilante, il protège nos destinées. N'est-ce pas lui qui a été le Sergent recruteur et

---

1. Prières après la sainte Messe.
2. Apoc. XVI, 2.

instructeur de Jeanne d'Arc. La France séculaire n'a cessé de le vénérer comme l'Ange gardien de la patrie : Ordres de chevalerie, multitude de monastères, paroisses, confréries, corporations érigées sous son vocable, innombrables monuments de tout genre et de tous styles remontant sans interruption jusqu'au huitième siècle, attestent que notre pays comprit, accepta et reconnut par une dévotion universelle, son protectorat tutélaire. [1] »

Et voici qu'en face des dangers qui menacent la Foi, les bonnes mœurs, l'enfance ; à la vue des envahissements de l'athéisme, des calamités publiques multipliées, l'Épiscopat français exerce son rôle de Veilleur de la Patrie. Sous l'heureuse initiative de Monseigneur l'Évêque de Coutances, il demande à Pie X de daigner rajeunir le pacte séculaire entre nous et l'Archange saint Michel « le premier Chevalier français » ; ainsi l'appelaient nos pères. Le doux et ferme Pontife l'a voulu ; il a décidé que le 16 octobre, jour anniversaire de la Dédicace de l'Apparition de saint Michel au mont Tombe serait désormais célébré sur toute l'étendue de l'Église de France. Chaque année également, la consécration de la nation française à l'Archange sera faite en la solennité de la Fête de Jeanne d'Arc.

Quant à notre diocèse, nous avons particulièrement la pieuse ambition d'y développer le plus possible le culte de saint Michel ; il tient du reste à celui du Sacré Cœur. Déjà vous avez répondu à notre désir, Nos Très Chers Frères, en nous accompagnant nombreux à ce premier pèlerinage au mont Tombe, qui nous a laissé un si vivant souvenir. Nous sommes donc encouragés à vous recom-

---

1. Cfr : *Saint Michel, Ange gardien de la France ;* en vente à *la Croix du Nord*, Grande Rue, Lille.

mander d'être pleins de dévotion et de confiance envers l'Archange. Songez que matin et soir, comme au tribunal de la Pénitence, vous l'appelez en témoignage de vos fautes et de votre repentir, n'oubliez pas que toute âme quittant ce monde est accompagnée par lui devant son Juge. Ah ! Puissions-nous passer alors sous son égide, puisque Dieu « l'a constitué le chef de toutes les âmes appelées au salut » : *Constitui te principem super omnes animas suscipiendas.* [1]

A CES CAUSES,

Le saint nom de Dieu invoqué, nous avons ordonné et ordonnons ce qui suit :

ARTICLE 1er.

En vertu des décrets de la Sacrée Congrégation des Rites, en date des 10 mai et 21 juin 1911, la fête de l'Apparition de saint Michel à saint Aubert et de la Dédicace de la basilique du mont Tombe, se célébrera dans notre diocèse annuellement, le 16 octobre. L'office sera conforme au texte approuvé par la Sacrée Congrégation.

ARTICLE 2.

Nous recommandons aux prêtres qui ont charge d'âmes, d'exciter les fidèles à assister à la sainte Messe le jour de cette fête, et d'y faire la sainte Communion à l'intention de la France. Partout où cette permission sera utile, après la sainte Messe,

1. Off. lit. 29 septembre.

ou dans la soirée, nous autorisons la bénédiction du Très Saint Sacrement, avec le saint Ciboire ou l'Ostensoire, selon les circonstances.

Avant le *Tantum ergo*, aux chants ordinaires on ajoutera : trois fois le *Parce Domine*, avec les invocations : *Beate Michael Archangele* et *Beata Joanna, ora pro nobis*, avec l'oraison : *Deus qui culpa offenderis*.

ARTICLE 3.

Chaque année, le jour de la fête de la bienheureuse Jeanne d'Arc, on récitera la consécration de la France à saint Michel, selon la formule ci-jointe.

Et seront notre Lettre pastorale et Mandement lus au prône de la messe paroissiale dans toutes les églises du diocèse et après l'évangile de la messe principale, dans les chapelles publiques de communauté, le dimanche 8 octobre, où se célèbre la solennité des saints Anges Gardiens.

Donné à Autun, sous notre seing, le sceau de nos armes et le contre-seing du Chancelier de notre Évêché, le 3 octobre, en la fête de saint Léger.

† HENRI-RAYMOND,

ÉVÊQUE D'AUTUN, CHALON ET MACON.

Par Mandement de Monseigneur,

MARCEL PIFFAUT,

Chanoine titulaire, Chancelier de l'Évêché.

CONSÉCRATION A SAINT MICHEL

O glorieux saint Michel, permettez que nous vous apportions l'hommage de notre reconnaissance, de notre vénération, de notre amour.

Commis par l'Éternel à la garde du Droit, vous avez rejeté dans les abîmes Satan et ses suppôts, inclinant votre épée devant l'Homme-Dieu et la *Vierge qui devait enfanter* et devenir la Reine des Anges.

Le peuple élu vous vit à sa tête lorsqu'il errait dans le désert, et vous fûtes, dans son exil, son espoir et sa force.

Sur le berceau de l'Église, héritière de la Synagogue, tendrement vous avez veillé. Votre devise devint sa devise, et, depuis deux mille ans, rien de grand ne s'est opéré dans son sein en dehors de votre intervention féconde.

Baptisée, la première des nations, dans le sang du Christ, la France vous aima la première. Aussi vous êtes-vous ingénié à faire d'elle, à votre image et à votre exemple, *le bon sergent de Dieu*. Des champs de Tolbiac aux sommets du mont Tombe; des sommets du mont Tombe aux vallons de Domrémy; des siècles reculés aux temps où languit notre vie, vous avez écrit les meilleures pages de notre Histoire. Hier encore, dans l'éclat et la piété de votre douzième centenaire, sur ce coin immaculé de terre française où la Foi vous éleva votre temple le plus merveilleux et le plus célèbre, qui donc n'a pas reconnu votre si douce intervention ?

Ajoutez encore à vos bienfaits, ô bon et puissant Archange, et prenez officiellement sous votre garde tout ce que nous avons et tout ce que nous sommes, nos personnes et nos biens, nos familles et nos paroisses, nos évêques et nos prêtres.

Cette consécration solennelle, nous la voudrions *nationale*, et nous renouvelons, autant qu'il est en nous, le pacte séculaire qui lie la France au Prince des Anges.

Nous vous saluons, nous vous bénissons, nous vous acclamons, mais, de grâce, *défendez-nous dans le combat.*

Les ténèbres du doute et de l'erreur nous envahissent de toutes parts : Archange de lumière, dissipez nos ténèbres !

Les volontés fléchissent et les courages chancellent : Archange victorieux, ranimez nos ardeurs et communiquez-nous la flamme qui fait les âmes justes et les peuples vaillants !

Les cœurs s'attachent à la chair et au sang : ô Séraphin sublime, arrachez-nous à la fange et portez-nous à Dieu !

Veillez tout spécialement sur nos foyers, où la foi et l'innocence subissent de si rudes assauts, et *commandez* à Satan d'y respecter la paix et la vertu.

O saint Michel, gardez l'Église et son Chef admirable ; sauvez notre patrie bien-aimée, protégez son clergé et ses fidèles, convertissez ses fils égarés.

Que le cœur Sacré de Jésus, que Marie Immaculée vous envoient vers nous, avec la bienheureuse Jeanne d'Arc; et que le règne de Dieu s'établisse sur nous et sur le monde à jamais, pour qu'à jamais, ô grand Prévôt du Paradis, nous soyons associés à vos triomphes!

Ainsi soit-il!

Cette consécration a été prononcée par Mgr Guérard, Évêque de Coutances, au Mont Saint-Michel, le 16 octobre 1909, jour anniversaire de la Dédicace des Basiliques et en la fête de clôture du XII° centenaire.

RÈGLEMENT

POUR

L'ASSOCIATION DE LA MESSE *POST OBITUM*

DANS LE DIOCÈSE D'AUTUN

Nous, ÉVÊQUE d'Autun, Chalon et Mâcon, voulant maintenir, régulariser et développer la pieuse Association de prêtres fondée en 1837, dans notre diocèse, dans le but de prier pour leurs confrères défunts et s'assurer des messes à eux-mêmes ;

Considérant la nécessité de renouveler son règlement, afin d'en mieux déterminer les devoirs et les avantages ;

Sur le désir exprimé par un certain nombre d'anciens associés ;

Avons ordonné et ordonnons ce qui suit :

ARTICLE 1er.

L'Union sacerdotale de prières établie entre les prêtres du diocèse d'Autun, Chalon et Mâcon, au profit des prêtres défunts est instamment recommandée au zèle et à la charité de notre clergé.

Nous la plaçons très spécialement sous la protection de la très sainte Vierge, Reine du Clergé, Auxiliatrice du Purgatoire et de saint Odilon, promoteur de la fête des Morts. Elle est affiliée à l'Archiconfrérie établie à Notre-Dame de Cluny.

Article 2.

Les prêtres résidant dans le diocèse d'Autun sont seuls admis à en faire partie. Lorsqu'un associé quittera le diocèse pour une autre résidence définitive, il sera considéré comme ne faisant plus partie de l'Association, à moins qu'il n'ait manifesté par écrit au secrétaire de l'œuvre, son intention formelle de continuer à en accomplir les charges et d'en rester membre.

Le présent article ne devant pas avoir d'effet rétroactif, les associés actuels résidant hors du diocèse seront maintenus dans l'Association, à condition qu'une fois par chaque année, ils demandent à la Chancellerie de l'Évêché, la liste exacte des confrères décédés.

Article 3.

Tous les prêtres déjà membres de l'Association de la messe *Post obitum*, établie dans le diocèse d'Autun, sont invités à souscrire une déclaration constatant qu'ils ont donné leurs noms à cette Association, et qu'ils en ont rempli les obligations. Cette déclaration signée par chacun d'eux devra nous être retournée pour le 1er décembre de cette année. Passé cette époque, tout prêtre qui ne l'aura pas envoyée sera considéré comme démissionnaire et son nom sera rayé du registre des Associés.

Article 4.

Les prêtres qui n'ont pas encore donné leurs noms à l'Association, — ceux qui s'étant fait inscrire ont cessé de lui appartenir en cessant d'en remplir les charges, — les nouveaux prêtres, — ne pourront désormais devenir membres de l'Association qu'en souscrivant le Bulletin d'agrégation joint à l'envoi de ce règlement, et en le retournant avant le 1er décembre prochain. Une cotisation de 50 centimes sera versée à chaque inscription, pour couvrir les frais généraux de l'œuvre.

ARTICLE 5.

A chaque ordination, les nouveaux prêtres seront invités à faire partie de l'Association. Un délai d'un an leur sera donné pour s'inscrire. Après ce délai, nul n'y sera admis s'il ne s'engage à acquitter à l'intention des prêtres défunts depuis son ordination, autant de fois deux messes qu'il aura d'années de prêtrise.

ARTICLE 6.

Le nom des associés sera marqué d'un astérisque dans la liste alphabétique des membres du clergé diocésain, à la fin de l'*Ordo*.

ARTICLE 7.

Deux messes doivent être dites chaque année par les associés, l'une en janvier, l'autre en juillet.

ARTICLE 8.

Si un prêtre, à cause de son grand âge, de ses infirmités ou pour tout autre motif, ne pouvait célébrer les saints mystères, il devrait, à moins d'une dispense spéciale, y suppléer en faisant célébrer deux messes chaque année.

ARTICLE 9.

M. le Supérieur du grand Séminaire est nommé directeur de l'Association et, à ce titre, chargé de procurer l'exécution du règlement. M. le Chancelier de l'Évêché en sera le Secrétaire, chargé de tenir les registres de l'Association, de notifier les décès.

ARTICLE 10.

Notre présente Ordonnance sera adressée, avec un exemplaire de la déclaration à souscrire, à tous les prêtres de notre diocèse.

Donné à Autun, sous notre seing, le sceau de nos armes et le contre-seing du chancelier de notre évêché, le dimanche 1er octobre 1911, en la fête du Très Saint Rosaire.

† HENRI-RAYMOND,

ÉVÊQUE D'AUTUN, CHALON ET MACON.

Par Mandement de Monseigneur,

MARCEL PIFFAUT,

Chanoine titulaire, Chancelier de l'Évêché.

Autun. - Imp. DEJUSSIEU & DEMASY.

www.ingramcontent.com/pod-product-compliance
Lightning Source LLC
Chambersburg PA
CBHW061431170626
46811CB00005B/2224